Prudencia se preocupa

KEVIN HENKES

PARA PHYLLIS, QUE NUNCA SE PREOCUPA

PRUDENCIA SE PREOCUPA

Originally published in English under the title: *Wemberly Worried*

This edition is published by arrangement with HarperCollins Children's Books, a division of HarperCollins Publishers.

For permission regarding this edition, write to Lectorum Publications, Inc., 205 Chubb Avenue, Lyndhurst, NJ 07071

CIP data for this book is available from the Library of Congress

ISBN: 978-1-63245-666-3

10 9 8 7 6 5 4 3 2 1

Printed in Malaysia

Prudencia se preocupaba por todo.

Por cosas grandes,

por cosas pequeñas

y por
cosas insignificantes.

Prudencia se preocupaba
por la mañana.

Se preocupaba por la noche.

Y durante todo el día.

—Te preocupas demasiado —le decía su mamá.

—Si te preocupas, yo también me preocupo —le decía su papá.

—No es bueno preocuparse tanto —le decía su abuela.

Prudencia se preocupaba

por el árbol del jardín,

por la grieta
de la pared de la sala

y por el ruido de la calefacción.

Cuando iba al parque, Prudencia se preocupaba

por las cadenas del columpio,

por las tuercas del tobogán

y por las barras del puente.

Y siempre se preocupaba por Pétalo, su muñeca.

—No te preocupes —le decía su mamá.

—No te preocupes —le decía su papá.

Pero aun así, se preocupaba.

Se preocupaba todo el tiempo.

Cuando se preocupaba mucho, Prudencia le frotaba las orejas a Pétalo. Y luego se preocupaba al pensar que si no dejaba de preocuparse, Pétalo se quedaría sin orejas.

El día de su cumpleaños, Prudencia
pensó que nadie iría a su fiesta.

—Ves —le dijo su mamá—, no tenías por qué preocuparte.

Pero entonces, Prudencia se preguntó si habría suficiente pastel de cumpleaños para todos.

Llegó el día de Halloween, y a Prudencia le preocupaba que todo el mundo fuera disfrazado de mariposa, como ella.

—Ves —le dijo su papá—, no tenías por qué preocuparte.

Pero entonces le preocupó ser la única mariposa.

—Te preocupas demasiado —le decía su mamá.

—Si te preocupas, yo también me preocupo —le decía su papá.

—No es bueno preocuparse tanto —le decía su abuela.

Prudencia tenía una nueva preocupación: la escuela.

Ahora lo que más le preocupaba en el mundo

era el comienzo de las clases.

Cuando llegó el día de empezar la escuela, su lista de preocupaciones era larguísima.

¿Y si soy la única que tiene un lunar?

¿Y si soy la única que lleva un vestido de rayas?

¿Y si soy la única con muñeca?

¿Y si la maestra es mala?

¿Y si el aula huele mal?

¿Y si se ríen
de mi nombre?

¿Y si no encuentro
el baño?

¿Y si no me gusta
la merienda?

¿Y si me
entran ganas
de llorar?

—No te preocupes —le decía su mamá.

—No te preocupes —le decía su papá.

Pero aun así, se preocupaba.

Estaba muy, muy preocupada.

Se preocupó
todo el
camino
hasta
llegar a la
escuela.

Mientras sus papás conversaban con la señorita Petronela,

Prudencia miraba alrededor del aula.

Entonces, la señorita Petronela le dijo:

—Prudencia, quiero que conozcas a alguien.

Se llamaba Azucena.

Estaba solita en un rincón.

Tenía una camiseta a rayas.

Y una muñeca en los brazos.

Al principio se miraron de reojo.

—Esta es Pétalo —le dijo Prudencia.

—Esta es Misu —indicó Azucena.

Pétalo saludó a Misu.

Y Misu le devolvió el saludo.

—¡Hola! —dijo Pétalo.

—¡Hola! —respondió Misu.

—Yo le froto las orejas —dijo Prudencia.

—Y yo la naricita —confesó Azucena.

Durante toda la mañana, Prudencia y Azucena
se sentaron una al lado de la otra,
y jugaron juntas la mayor parte del día.

A ratos, Prudencia se seguía
preocupando, pero ya
cada vez menos.

Antes de que Prudencia
se diera cuenta, llegó la
hora de regresar a casa.

La señorita Petronela acompañó a los niños a la puerta:

—¡Nos vemos mañana!, ¿verdad? —les dijo.

Prudencia se volvió sonriendo

y se despidió con la mano:

—Desde luego. No se preocupe.